U0014850

step 1

請先找個看起來和藹可親、面容慈祥的當地人，然後開口向對方說：

對不起！打擾一下。
SCUSI!

出示下列這一行字請對方過目，並請對方指出下列三個選項，回答是否願意協助「指談」。

step 2

先生/小姐,抱歉打擾！我需要您的幫忙, 這是指談的會話書,如果您方便的話,是否能請您使用本書和我對談？

Scusi Signore / Signora! Avrei bisogno del Suo aiuto. Con questo libro si può conversare indicando con le dita, Lei vorrebbe parlare con me?

(指 INDICHI PURE A, B o C =>)

A 好的，沒問題。
Va bene! Non C'è problema.

B 不太方便。
Preferirei di no!

C 抱歉，我沒時間。
Mi dispiace, non ho tempo.

step 3

如果對方答應的話 (也就是指著" Si, certo！"),請馬上出示下列圖文,並使用本書開始進行對話。若對方拒絕的話,另外尋找願意協助指談的對象。

非常感謝！現在讓我們開始吧！
Grazie mille!
Allora, cominciamo subito!

① 本書收錄有十個單元三十個部分，並以色塊的方式做出索引列於書之二側；讓使用者能夠依顏色快速找到你想要的單元。

② 每一個單元皆有不同的問句，搭配不同的回答單字，讓使用者與協助者可以用手指的方式溝通與交談，全書約有超過150個會話例句與2000個可供使用的常用單字。

③ 在單字與例句的欄框內，所出現的頁碼為與此單字或是例句相關的單元，可以方便快速查詢使用。

④ 當你看到左側出現的符號與空格時，是為了方便使用者與協助者進行筆談溝通或是做為標註記錄之用。

⑤ 在最下方處，有一註解說明與此單元相關之旅遊資訊，以方便及提供給使用者參考之用。

⑥ 在最末尾有一個部分為常用字詞，放置有最常被使用的字詞，讓使用者參考使用之。 → P.82

⑦ 隨書附有通訊錄的記錄欄，讓使用者可以方便記錄同行者之資料，以利於日後連絡之。 → P.90

⑧ 隨書附有＜旅行攜帶物品備忘錄＞，讓使用者可以提醒自己出國所需之物品。 → P.91

在飛往義大利的班機上，希望您能試著記住下面的發音秘訣與常用問候語！

語言字母表 alfabeto				
A a [a`]	B b [bi`]	C c [chi]	Dd [di`]	Ee [e`]
Ff [effe]	Gg [gi]	Hh [a`kka]	Ii [I`i]	Jj [i lu`nga]
Kk [ka`ppa]	Ll [e`lle]	Mm [e`mme]	Nn [e`nne]	Oo [o`]
Pp [pi`]	Qq [ku`]	Rr [e`rre]	Ss [e`sse]	Tt [ti`]
Uu [u`]	Vv [vi`]	Xx [i`ks]	Yy [i`psilon]	Zz [ze`ta]

發音時，只要記得一些簡單的規則就可以發出「能聽懂」的義大利文。

* chi、che要發〔ki〕、〔ke〕。
* ci、ce要發〔tchi〕（如「柒」）、〔tche〕。
* a（ㄚ）、e（ㄟ）、i（一）、o（ㄛ）、u（ㄨ）的發音是固定的，結合母音就將單獨母音的聲音加起來即可。
* h是無聲的，遇到了就不要發呼氣。
* 其他字母大概照英文發就不會差太遠了！

　　義大利語的問候話大都是一些慣用語，因此最好的學習方法就是反反覆覆的多念幾次，直到能朗朗上口為止，至於何謂「朗朗上口」呢？簡單的說就是當你想向人道謝時，結果在第一時間衝口而出的居然是「Capito」(了解)而不是「Grazie」(謝謝)，那麼你就算「學成」！

　　以下的各句問候用語，你不妨每句先念個一百次，你馬上就可以體驗到何謂「義大利語朗朗上口」的快樂滋味，不信的話就請試試看吧！

常用招呼語

早安 buongiorno

你好 ciao / buongiorno

晚安 buonasera

晚安(臨睡前的問候語) buonanotte

麻煩你 per favore

謝謝 grazie

不客氣 di nulla.

對不起 mi dispiace

再見 ciao

不好意思(詢問、叫人、引人注意時的用語)
scusi

需要用到的句子

我不會說義大利文。
Non parlo italiano.

請講慢一點。
Può parlare più piano?

請再說一次。
Può ripetere?

請寫在這裡。
Può scrivere qui?

侵略，騷擾
aggressioni e molestie

離我遠一點。
Mi lasci in pace.

再不走我要叫警察。
Se ne vada o chiamo la polizia

救命
Aiuto!

有小偷
Al ladro!

稱呼

先生 signore

小姐 signorina

女士 signora

抱歉打擾了
Scusi＿＿＿

機場	謝謝
aeroporto	grazie

在哪裡？		入境	出境
Dove sono?		gli arrivi	le partenze
過境		是的	不
i transiti		si	no
觀光	休假/出遊	出差	留學
per turismo	in vacanza / in viaggio	per affari	per studio

停留多久	一個禮拜	二個禮拜
quanto tempo rimane?	una settimana	due settimane
	一個月	一年
	un mese	un anno

請問這附近有沒有__
C'è __qui vicino?

洗手間 un bagno	免稅商店 un negozio Duty Free	
兌幣處 un cambio	詢問處 un ufficio informazioni	海關 la dogana
	公車站 una fermata dell'autobus	計程車招呼站 una fermata dei taxi

請問 __ 在哪裡？
Scusi, dov'è___?

有前往市區的機場巴士嗎？
Ci sono autobus per il centro?

 要在哪裡搭車？
Dove si prende?

能不能幫幫我?
Può aiutarmi?

吸菸區
Zona fumatori

★羅馬的國際機場菲米奇諾（〔Fiumicino〕，或稱達文西國際機場〔Leonardo da Vinci〕）在市郊約四十公里
處；而米蘭則有二處：利納德（Linate）機場和馬奔撒（Malpensa）機場。利德納為米蘭國內機場。

住宿 In albergo

在台灣就已經預約旅館。
Ho fatto la prenotazione da Taiwan.

請問還有房間嗎？
Ci sono camere libere?

請問住宿費一天多少錢？
Quanto costa per una notte ?

我要住 ___ 天
Vorrei stare___ giorni.

這有包括稅金跟服務費嗎？
Comprende tasse e servizio?

有沒有更便宜的房間？
Ci sono camere meno care?

請給我比較安靜的房間。
Vorrei una camera silenziosa.

單人房	雙人房	旅社	飯店	物美價廉的飯店
singola	doppia	ostello	albergo	un albergo economico

現在就可以Check in嗎？
Si può fare il check in adesso?

退房時間是幾點？
A che ora devo lasciare la camera?

請告訴我!	__ 在哪裡?	客滿	櫃台	廁所
Mi dica.	Dov'è __ ?	pieno	reception	bagno

這裡的地址?
Qual è l'indirizzo di qui?

這裡的電話號碼?
Qual è il numero di telefono di qui?

我要再多住一天。
Vorrei stare un giorno in più.

請幫我換房間。
Potrei cambiare camera?

這個房間太吵了。
Questa camera è troppo rumorosa.

房間裡沒有肥皂
In camera manca il sapone.

 毛巾
l'asciugamano

 牙刷
lo spazzolino

牙膏
il dentifricio
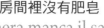

這個鎖壞了。
La serratura è rotta.

我(不小心)把鑰匙忘在房間裡了。
Ho dimenticato la chiave camera.

沒有熱水。
Non c'è acqua calda.

浴缸的塞子塞不緊。
Il tappo della vasca non funziona bene.

電視 / 暖氣 / 水龍頭　壞了。
La tv / Il riscaldamento / Il rubinetto non funziona.

沒辦法沖水。
Lo scarico del bagno non funziona.

我需要一位服務人員。
Vorrei chiamare un cameriere.

這個壞了。
Questo non funziona.

房間太冷了。
La camera è troppo fredda.

空調的聲音太吵，睡不著。
L'aria condizionata è troppo rumorosa, non riesco a dormire.

從機場到旅館

旅行觀光

料理飲食

購物 Shopping

數字時間

介紹問候

文化生活

藥品急救

常用字詞

附錄

義大利地圖 La mappa dell'Italia

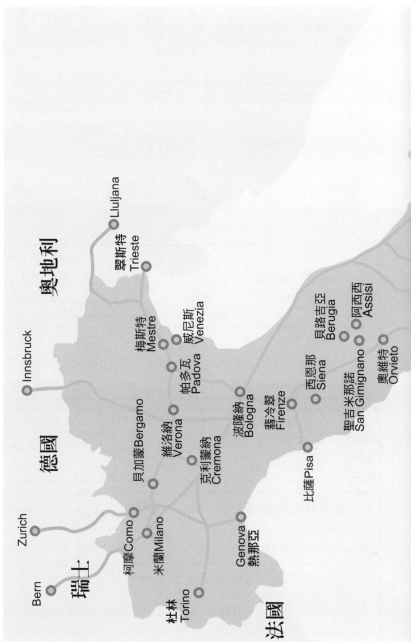

拿波里 Napoli
卡布里島 Isola di Capri
塔蘭特 Taranto
卡坦薩羅 Catanzaro
西西里島 Sicilia

北 / 西 東 / 南

| 東 Est |
| 南 Sud |
| 西 Ovest |
| 北 Nord |

我想去 ＿＿＿ Vorrei andare a ＿	＿＿＿ 在哪裡？ Dov'è ＿＿＿？
請問到＿＿＿ 怎麼走？ Scusi, come si arriva a＿＿＿	請問這裡是哪裡？ Mi scusi, qui è？
走路/坐車要多久？ Quanto tempo ci vuole a piedi / in autobus？	這是什麼路？ In che strada siamo？
	請告訴我現在的位置。(出示地圖) Potrebbe dirmi dove sono？

旅行觀光 In viaggio

我想去 ___
Vorrei andare a ___

___ 在哪裡？
Dov'è ___ ?

請問到 ___ 怎麼走？
Come si arriva a ___ ?

這附近有 ___ 嗎？
C'è ___ qui vicino?

洗手間 un bagno	兌幣處 un cambio	商店 un negozio
詢問處 un ufficio informazioni	警察局 la questura	公車站 una fermata dell'autobus
郵局 un ufficio postale	郵筒 una buca delle lettere	
計程車招呼站 una fermata dei taxi	銀行 una banca	博物館(美術館) un museo (museo d'arte)
百貨公司 un grande magazzino	煙攤 una tabaccheria	

買郵票 compre i francobolli

 14

★義大利屬於地中海型氣候，冬天較中西北歐各國溫暖，夏天更是炎熱，所以在夏天到義大利一定要帶涼快的短褲和上衣，不過防曬準備一定不能缺。

走路/坐車要多久？
Quanto tempo ci vuole
a piedi / in autobus?

請問這裡是哪裡？
Scusi, dove siamo?

這是什麼路？
In che strada siamo?

請告訴我現在的位置。
(出示地圖)
Potrebbe dirmi dove
sono?

北方 Nord	東方 Est
西方 Ovest	南方 Sud
前面 davanti	後面 dietro
上面 sopra	下面 sotto
直走 diritto	左轉 a sinistra
右轉 a destra	對面 di fronte
過馬路 attraversi la strada	紅綠燈 semaforo

我想坐 —
Vorrei
prendere —

巴士 l'autobus	長途公車 la corriera
計程車 il taxi	地鐵 la metropolitana	船 la nave
火車 il treno	飛機 l'aereo	客運 il pullman

從機場
到旅館

旅行
觀光

料理
飲食

購物
Shopping

數字
時間

介紹
問候

文化
生活

藥品
急救

常用
字詞

附錄

多少錢？
Quanto costa?

售票亭在哪裡?
Dov'è la biglietteria?

要花多少時間？
Quanto tempo ci vuole?

請問到_的公車(火車)要到哪裡搭？
Dove si prendere
l'autobus
(il treno) per —?

下一班車幾點開？
A che ora parte il
prossima treno ?

請給我 __ 張票
Vorrei___biglietti.

搭乘電車
Prendere il tram
(大都市的路面上電車)

往_的火車是在那一號月台？
Da che binario parte il
treno per____ ?

這附近有沒有廁所呢？
C'è un bagno qui
vicino?

這班火車開往 __ 嗎？
Questo treno va a __?

廁所在哪裡？
Dov'è il bagno?

這班火車在 __ 停車嗎？
Questo treno
ferma a —?

我可以借用一下廁所嗎？
Posso usare il bagno?

| 單程 / 來回票 andata / andata e ritorno |
| 頭等艙 / 二等艙 prima classe / seconda classe |
| 吸菸區 / 非吸菸區 fumatori / non fumatori |
| 時刻表 orario |

車票 biglietto	月台 binario	出口 uscita	儲值卡/票 abbonamento

入口 / 出口 entrata / uscita	剪票機 obliteratrice	詢問處 ufficio informazioni
候車室 sala d'attesa	寄物處 deposito bagagli	成人／小孩 adulto / bambino
國營鐵路線 ferrovie dello Stato (FS)	地鐵 la metropo-litana	日/星期/月回數券 abbonamento giornaliero / settimanale / mensile

★義大利的國鐵有多種火車周遊券，除了「三千公里火車票」需要在當地購買之外，其他的「義大利國鐵火車票」、「五國聯營火車票」、「十七國火車票」都必須先在台灣購買。搭乘火車之前，請務必用剪票機「刷」一下車票蓋日期及時期，沒蓋日期就會被剪票員罰錢喔！

請叫一輛計程車。
Mi può chiamare
un taxi?

還沒到嗎？
Non siamo ancora arrivati?

我想到這裡(出示地址)。
Vorrei andare qui.

我現在該下車嗎？
Devo scendere adesso?

到 __ 的時候請告訴我。
Può avvertirmi
quando siamo a __ .

我想去 __
Vorrei andare a __

__在哪裡？
Dov'è __?

還沒到/已經過了
ancora no/è già
passato

請到 __
Per favore __

計程車的招呼站在哪裡？
Dove posso chiamare
un Taxi?

到 __ 要多少錢呢？
Quanto costa fino a
andare__?

請快點！
presto!

在這裡停車。
Si ferma qui.

請一直走
diritto

請往右邊拐
destra

這邊下車。
Scendo qui.

★想要搭乘計程車，可以請旅館代叫，或是考慮搭乘接受羅馬市政府管理的計程車，其車號~6645、3570、
4994、88177等，搭乘上也較為有保障。

德國

奧地利

貝加蒙
Bergamo

米蘭Milano

維洛納
Verona

威尼斯
Venezia

帕多瓦
Padova

波隆那Bologna

法國

聖吉米那諾
San Gimignano

翡冷翠Firenze

西恩那Siena

貝路吉亞Berugia

阿西西Assisi

奧維特Orvieto

羅馬Roma

西西里島
Sicilia

從機場
到旅館

旅行
觀光

料理
飲食

購物
Shopping

數字
時間

介紹
問候

文化
生活

藥品
急救

常用
字詞

附錄

義大利主要觀光景點 Principali località turistiche

我想去 ＿＿＿ Vorrei andare a ＿＿	＿＿＿ 在哪裡？ Dov'è ＿＿＿ ？
請問到 ＿＿＿ 怎麼走？ Come si arriva a ＿＿ ？	請告訴我現在的位置。(出示地圖) Potrebbe dirmi dove sono?

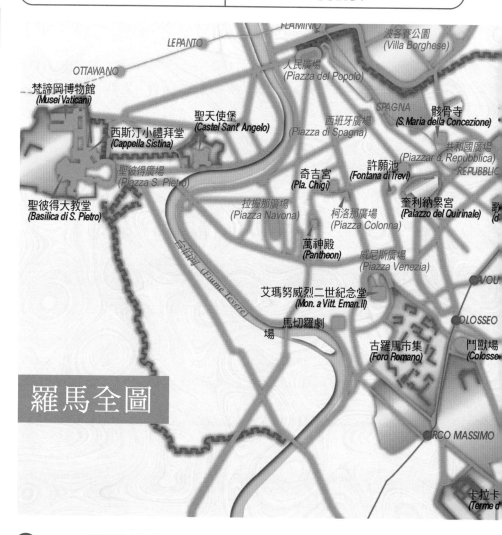

羅馬全圖

FLAMINIO

波各賽公園
(Villa Borghese)

LE PANTO

人民廣場
(Piazza del Popolo)

OTTAVANO

SPAGNA

骸骨寺
(S. Maria della Concezione)

梵諦岡博物館
(Musei Vaticani)

聖天使堡
(Castel Sant' Angelo)

西班牙廣場
(Piazza di Spagna)

共和國廣場
(Piazzar d. Repubblica)

西斯汀小禮拜堂
(Cappella Sistina)

REPUBBLIC

聖彼得廣場
(Piazza S. Pietro)

奇吉宮
(Pla. Chigi)

許願池
(Fontana di Trevi)

聖彼得大教堂
(Basilica di S. Pietro)

拉握那廣場
(Piazza Navona)

柯洛那廣場
(Piazza Colonna)

奎利納累宮
(Palazzo del Quirinale)

台伯河 (Fiume Tevere)

萬神殿
(Pantheon)

威尼斯廣場
(Piazza Venezia)

AVOU

艾瑪努威烈二世紀念堂
(Mon. a Vitt. Eman. II)

COLOSSEO

馬切羅劇場

古羅馬市集
(Foro Romano)

鬥獸場
(Colosse

RCO MASSIMO

卡拉卡
(Terme d'

★雖然羅馬在七八月時天氣溫度十分炎熱，但是穿短褲、背心等涼快衣物的遊客不得進入教堂參觀（教堂外有牌子標示）。

羅馬：Roma

 聖瑪利亞大教堂
Santa Maria
Maggiore

浴場
Terme di
Diocleziano

共和廣場
Piazza della
Repubblica

巴貝里尼廣場
Piazza Barberini

巴貝里尼宮
Palazzo Barberini

市政府廣場
Piazza del
Campidoglio

圓型競技場
Colosseo

火神殿
Tempio di Vesta

西班牙台階廣場
Piazza di Spagna

蜜蜂噴泉
Fontana delle Api

許願池
Fontana di Trevi

娜雅蒂仙女噴泉
Fontana delle Naiadi

人魚海神噴泉
Fontana del Tritone

奎利納累宮/總統府
Palazzo del Quirinale

古羅馬市集
Foro Romano

聖彼得鐐銬教堂
Chiesa di San
Pietro in Vincoli

萬神殿遺跡
Pantheon

卡拉卡拉浴場
Terme di Caracalla

君士坦丁凱旋門
Arco di Costantino

真理之口
Bocca della Verità

CASTRO
PRETORIO

百人廣場
iazza dei Cinquecento)

中央政府觀光局
(E.N.I.T)

TERMINI

特米尼火車站
(Staz. di Termini)

利亞大教堂
aria Maggiore)

VITTORIO
EMANUELE

遺跡

從機場
到旅館

旅行
觀光

料理
飲食

購物
Shopping

數字
時間

介紹
問候

文化
生活

藥品
急救

常用
字詞

附錄

我想去 ____ Vorrei andare a ___	____ 在哪裡？ Dov'è ___ ?
請問到 ____ 怎麼走？ Come si arriva a ___ ?	請告訴我現在的位置。(出示地圖) Potrebbe dirmi dove sono?

威尼斯全圖

CANNAREGGIO

聖傑雷米亞教堂 (Chiesa di S. Geremia)

S. MARCUOLA

聖卡塔林娜教堂 (Chiesa di S. Cateri)

聖塔露琪亞車站 (Staz. S. Lucia)

RIVA DE BIASIO

S. STAE

黃金宮 (Ca' d' Oro)

史卡齊橋 (Pont Scalzi)

SANTA CROCE

旅客服務中心 (i)

FERROVIA

CA' D' ORO

漁市場 (Peacheria)

PIAZZA ROMA

SAN POLO

聖塔瑪麗亞弗拉里教堂 (Santa Maria Gloriosa dei Frari)

里亞托橋 (Pont Rialt)

聖洛可教堂 (San Rocco)

S. SILVERSTRO

大運河 (Canal Grande)

RIALTO

聖洛可會所 (Scuola di S. Rocco)

匹薩尼宮 (Palazzo Pisani)

S. TOMA

S. ANGELO

SAN MARCO

DORSODURO

雷佐尼科宮 (Ca' Rezzonico)

CA RAZZONICO

史蒂芳諾教堂 (S. Stefano)

火鳳凰劇院 (Teatro la Fenice)

聖馬可廣 (Piazza San)

卡米尼教堂 (Chiesa dei Carmini)

學院橋 (Ponte dell' Accademia)

S. MARIA DEL GIGLIO

S. MARC

ACCADEMIA

SALUTE

學院美術館 (Galleria dell' Accademia)

佩姬古根漢美術館 (Collezione Peggy Guggenheim)

海關 (Punta de)

奇烏德卡運河 (Canale della Giudecca)

聖塔瑪麗亞撒路帖教 (Santa Maria della Salute)

奇烏德卡島 (Isola della Giudecca)

DONA

CASTELL

聖喬凡尼尼保祿
(S. Giovannie P...

札卡利亞教...
(Chiesa di S. Za...

嘆息橋
(Ponte del Sospiri...

ZACCARIA
RIVA D...
SCHIA...

聖久久馬久累...
(San Giorgio Ma...

...ORGIO

聖久久馬久累島
(Isola di San Giorgio Magg...

梵諦岡 ： Città del Vaticano

聖天使古堡
Castel
Sant'Angelo

聖彼得廣場
Piazza San Pietro

梵諦岡博物館
Musei Vaticani

聖彼得大教堂
Basilica di
S.Pietro

威尼斯 ： Venezia

聖馬可廣場
Piazza San Marco

貢多拉
Gondola

學院美術館
Galleria
dell'Accademia

聖馬可長方形大教堂
Basilica di San Marco

嘆息橋
Ponte dei Sospiri

從機場
到旅館

旅行
觀光

料理
飲食

購物
Shopping

數字
時間

介紹
問候

文化
生活

藥品
急救

常用
字詞

附錄

我想去 ____ Vorrei andare a ____		____ 在哪裡？ Dov'è ____	
請問到 ____ 怎麼走？ Come si arriva a ____ ?		請告訴我現在的位置。(出示地圖) Potrebbe dirmi dove sono?	

TURATI

LANIZA

布雷拉美術館
(*Pinacoteca di Brera*)

史柴福城堡
(*Castello Sforzesco*)

MONTENAPOLEONE

V. Spiga

V.S.Spirito

V. Gesu

V. Monte Napoleone

14

15

7

8 4

9 6 5

3

CAIROLI

Via A. Manzoni

史卡拉歌劇院
(*Teatro alla Scala*)

波第·佩佐利
美術館
(*Museo Poldi Pezzoli*)

13

10

12 11

S.BABILA

艾瑪努威烈二世拱廊
(*Galleria V. Emanuele II*)

CORDUSIO

Corso V.Emanuele

DUOMO

主座大教堂
(*Duomo*)

DUOMO

米蘭

★米蘭的市區相當廣闊，建議可以以搭乘地鐵的方式遊覽市區內是比較省力的方法，如果想要免費索取米蘭的地圖和資訊，在大教堂旁有一個旅客諮詢中心，有提供這樣的諮詢。

米蘭： Milano

| 主座教堂 Duomo | 維托・艾曼紐二世迴廊 Galleria Vittorio Emanuele II |

| 聖巴比拉廣場 Piazza San Babila | 史柴福城堡 Castello Sforzesco |

| 市立近代美術館 Museo d'Arte Contemporanea | 史卡拉歌劇院 Teatro alla Scala |

| 布雷拉美術館 Pinacoteca di Brera | 市立自然史博物館 Museo di Storia Naturale |

感恩聖母院
Santa Maria delle Grazie

商店

1. D&G
2. Dolce & Gabbna
3. Miu Miu
4. Fendi
5. Moschino
6. Dolce & Gabbana Basic
7. Prada
8. Granello（鞋店）
9. Giorgio Armani
10. Missoni
11. Gianni Versace
12. Salvatore Ferragamo
13. Gucci
14. Krizia
15. Valentino

比薩： Pisa

比薩斜塔
Torre Pendente

聖洗堂
Battistero

主座教堂
Duomo

我想去 ＿＿＿ Vorrei andare a ＿＿	在哪裡？ Dov'è ＿＿＿
請問到 ＿＿＿怎麼走？ Come si arriva a＿＿？	請告訴我現在的位置。(出示地圖) Potrebbe dirmi dove sono?

聖吉米那諾 San Gimignano

水井廣場
Piazza della
Cisterna

人民宮
Palazzo del Popolo

聖阿哥斯提諾教堂
Sant'Agostino

舊坡帝斯塔宮
Palazzo Vecchio
del Podestá

宗教藝術博物館
Museo Civico

聖阿格斯提諾教堂
S.Agostino

傑卡波城門
Porta S.Jacopo

馬提歐城門
Porta S.Matteo

聖吉那歐教堂
S. Girolamo

Via XX Settembre

Via delle Fonti

Pal.Tinncci

Via S. Matteo

Pal.Pesciolini

主教堂
Collegiata
純潔聖母禮拜堂
Santa Maria Assunta

chiesa di S. Bartolo

城寨Rocca

主教堂廣場

羅諾薩塔

宗教博物館

舊波帝斯塔宮
Palazzo Vecchio del Podestà

市政廳
人民宮（新波帝斯塔宮）
Palazzo del Popolo/ Palazzo

水井廣場
P.za D Cisterna

庭園區
但丁廳
市立博物館
旅客諮詢中心

Via S. Giovanni

聖方濟各教堂
S. Francesco

人民宮或新波帝斯塔宮
Palazzo del Popolo

蒙特瑪奇歐園
Piazzale dei Martiri di Monte Maggio

★波隆那的重要景點全都集中在主廣場附近，在這裡如果想要參觀博物館，建議你可以買一天或是三天票，在旅遊中心或是火車站及博物館內均有販售，此票可以參觀當地的六個博物館，是較為省錢的作法。

波隆那 Bologna

主廣場 Piazza Maggiore	內督諾噴泉 Fontana del Nettuno	雷·安左宮 Palazzo di Re Enzo
佩脫尼歐大教堂 Basilica di San Petronio	波第斯塔宮 Palazzo del Podestà	阿齊吉納西歐宮 Palazzo dell'Archiginnasio
國立畫廊 Pinacoteca Nazionale	史帝芬諾大教堂 Santo Stefano	阿西列提塔及加利信達塔 Torri Asinelli e Garisenda
聖方濟大教堂 Basilica di San Francesco	聖多明尼哥大教堂 S. Domenico	

波隆那街道圖

中央車站 Main Train Station
旅遊服務中心 Tourist Office
展覽場
蒙塔諾那 Parco della Montagnola
Via dell Indipendenza
Via
Irnerio
Via A Righi
市立美術館
Via delle Belle Arti
大學區 Universita' di Bologna
Largo Respighi
主廣場及內督諾廣場 Pizza Maggiore
Via Oberdan
內督諾噴泉 Fontana del Nettuno
市政廳 Palazzo Comunale
雷安佐宮 Palazzo del Re Enzo; Sestante Travel Agency
Via Ugo Bass
Via Rizzoli
Via Guglielmo Marconi
雙塔
玻帝斯塔宮 Palazzo del Podesta
白齊宮
聖方濟大教堂 Basilica S. Francesco
中央旅遊服務中心 Main Tourist Office
佩脫尼歐大教堂 Basilica di San Petronio
市立考古學博物館 Musec Civico Archeologico
史帝芬諾大教堂群 Basilica di S. Stefano
Via Massimo d' Azeglio
聖路卡教堂
阿齊吉納西歐宮 Palazzo dell'Archiginnasio
聖多明尼哥教堂

從機場
到旅館

旅行
觀光

料理
飲食

購物
Shopping

數字
時間

介紹
問候

文化
生活

藥品
急救

常用
字詞

附錄

我想去 _____ Vorrei andare a _____	_____ 在哪裡？ Dov'è _____ ?
請問到 _____ 怎麼走？ Come si arriva a _____ ?	請告訴我現在的位置。(出示地圖) Potrebbe dirmi dove sono?

佛羅倫斯：Firenze

市政廣場
Piazza della Signoria

聖洗堂大門(天堂之門)
Battistero di San Giovanni

共和廣場
Piazza della Repubblica

碧提宮
Palazzo Pitti

老橋
Ponte Vecchio

百花聖母大教堂
Duomo (Basilica di Santa Maria Fiore)

烏菲茲美術館
Galleria degli Uffizi

米開朗基羅廣場
Piazzale Michelangelo

站前廣場
(Pza della Stazione)

麥迪奇禮拜堂
(Cappelle Medicee)

麥迪奇瑞卡迪宮
(Pal Medici-Riccardi)

新聖母瑪利亞教堂
(Chiesa di Santa Maria Novella)

聖羅倫佐教堂
(Chiesa di San Lorenzo)

聖羅倫斯佐廣場
(Pza San Lorenzo)

聖母百花大教堂
(Duomo, Santa Maria del Fiore)

喬托塔
(Campanile di Giotto)

聖喬凡尼洗禮堂
(Battistero di San Giovanni)

多摩美術館
(Museo dell'Opera del Duomo)

旅客服務中心 (i)

共和廣場
(Pza della Repubblica)

巴傑羅美術館
(Museo Nazionale del Bargello)

聖塔特利尼塔教堂
(Santa Trinita)

野豬銅像
(Cinghiale)

市政廣場
(Pza della Signoria)

古宮
(Pal Vecchio)

古橋
(Ponte Vecchio)

亞諾河
(Fiume Arno)

古橋
(Ponte Vecchio)

烏菲茲美術館
(Galleria degli Uffizi)

往比堤宮(Palazzo Pitti)的
帕拉提納美術館(Galleria Palatina)

佛羅倫斯全圖

★在佛羅倫斯找地址你需要先知道一個小常識，就是在門號後面會有一個字母，如果是R（紅色，代表的是商業建築），而如果是N（黑色，則是一般民宅），所以你要看清楚不是誤闖了人家的住宅。

這裡有沒有市內觀光巴士？
Ci sono visite in autobus della città?

有沒有一天/半天的觀光團？
Ci sono visite di una giornata / mezza giornata?

會去哪些地方玩？
Dove si ferma?

大概要花多久時間？
quanto tempo ci vuole?

幾點出發？
A che ora partiamo?

幾點回來？
A che ora ritorniamo?

從哪裡出發？
Da dove partiamo?

在 __ 飯店可以上車嗎？
Si può prendere l'autobus all'albergo____?

乘車券要在哪裡買呢？
Dove si compra il biglietto?

在 __ 飯店可以下車嗎？
Si può scendere all'albergo__

可以在這裡拍照嗎？
Si può fare una foto qui?

可以請你幫我拍照嗎？
Mi farebbe una foto?

懶人旅行法

從機場到旅館
旅行觀光
料理飲食
購物 Shopping
數字時間
介紹問候
文化生活
藥品急救
常用字詞
附錄

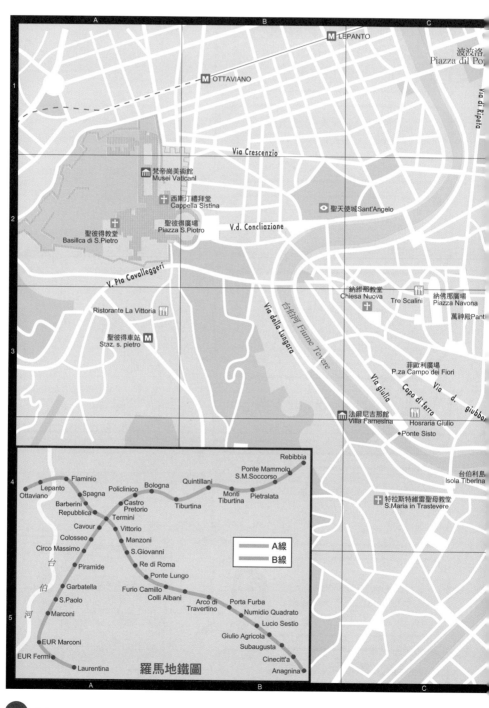

M LEPANTO

波波洛
Piazza dil Po

M OTTAVIANO

Via di Ripeta

Via Crescenzio

梵帝崗美術館
Musei Vaticani

西斯汀禮拜堂
Cappella Sistina

聖天使城Sant'Angelo

聖彼得廣場
Piazza S.Pietro

V.d. Concliazione

聖彼得教堂
Basillca di S.Pietro

Y. Pta Cavalleggeri

納維那教堂
Chiesa Nuova

Tre Scalini

納佛那廣場
Piazza Navona

萬神殿Pant

Ristorante La Vittoria

Via della Lungara

台伯河 Fiume Tevere

聖彼得車站
Staz. s. pietro

菲歐利廣場
P.za Campo dei Fiori

Via giulia

Capo di ferro

Via d. giubbon

法爾尼吉那館
Villa Farnesina

Hosraria Giulio

Ponte Sisto

台伯利島
Isola Tiberlna

特拉特維雷聖母教堂
S.Maria in Trastevere

Rebibbia

Ponte Mammolo
S.M.Soccorso

Flaminio

Quintillani

Lepanto

Policlinico

Bologna

Monti
Tiburtina

Pietralata

Ottaviano

Spagna

Castro
Pretorio

Tiburtina

Barberini
Republlca

Termini

Cavour

Vittorio

Colosseo

Manzoni

Circo Massimo

S.Giovanni

台

Piramide

Re di Roma

伯

Ponte Lungo

Garbatella

Furio Camillo

S.Paolo

Colli Albani

Arco di
Travertino

Porta Furba

河

Marconi

Numidio Quadrato

Lucio Sestio

EUR Marconi

Giulio Agricola

Subaugusta

EUR Fermi

Cinecitt'a

Laurentina

Anagnina

A線

B線

羅馬地鐵圖

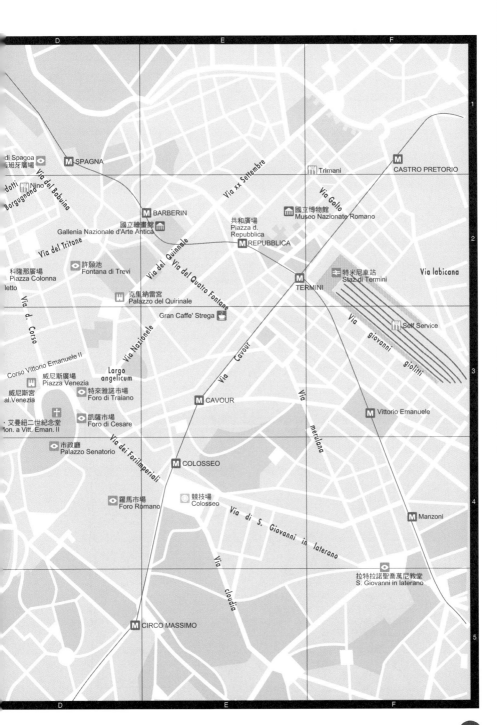

D   E   F

1

di Spagoa
西班牙廣場
M SPAGNA

2

3

4

5

Via xx Settembre

Trimani

CASTRO PRETORIO

dotti
Nino **M**
Via del Babuina
Borgugnond

Via Gollo

國立博物館
Museo Nazionate Romano

M BARBERIN

共和廣場
Piazza d.
Repubblica

Via del Tritone

國立繪畫館
Gallenia Nazionale d'Arte Antica

M REPUBBLICA

Via labicana

科隆那廣場
Piazza Colonna
letto

許願池
Fontana di Trevi

克里納雷宮
Palazzo del Quirinale

M TERMINI

特米尼車站
Stazdi Termini

Via d. Corso

Gran Caffe' Strega

Via del Quinnale
Via del Quatro Fonlane

Via giovanni giolilti

Self Service

Corso Vittorio Emanuele II

威尼斯廣場
Piazza Venezia

Largo
angelicum

Via Nazionele

Via Cavour

M CAVOUR

M Vittorio Emanuele

威尼斯宮
al.Venezia

特來雅諾市場
Foro di Traiano

· 艾曼紐二世紀念堂
Mon. a Vitt. Eman. II

凱薩市場
Foro di Cesare

市政廳
Palazzo Senatoro

Via dei Forliimperiali

M COLOSSEO

羅馬市場
Foro Romano

競技場
Colosseo

Via di S. Giovanni in laterano

Via merulana

Via cloudia

Manzoni

拉特拉諾聖喬萬尼教堂
S. Giovanni in laterano

M CIRCO MASSIMO

我想去 _____ Vorrei andare a __	_____ 在哪裡？ Dov'è ___ ?
請問到 _____ 怎麼走？ Come si arriva a __ ?	請問這裡是哪裡？ Scusi, dove siamo?
走路/坐車要多久？ Quanto tempo ci vuole a piedi / con il autobus?	這是什麼路？ In che strada siamo?
	請告訴我現在的位置。(出示地圖) Potrebbe dirmi dove sono?

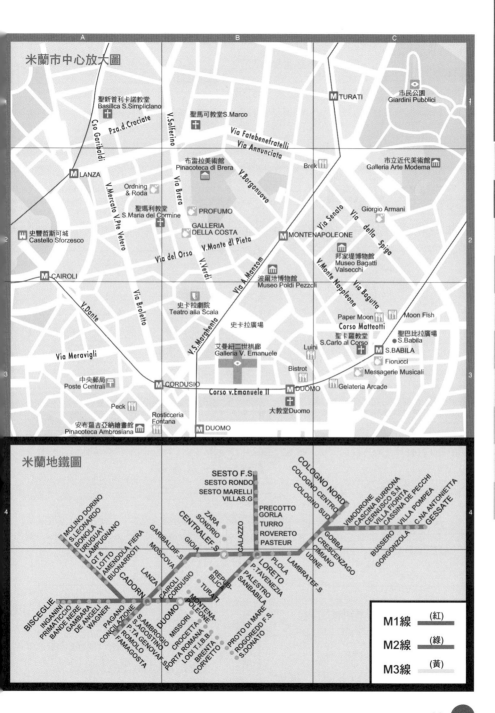

米蘭市中心放大圖

米蘭地鐵圖

到 __ 吃東西吧！
Andiamo a mangiare a __ .

餐廳種類

露天咖啡座 il caffè		高級餐廳 il ristorante

大眾餐館 la trattoria & l'osteria	披薩店 la pizzeria	小吧 il bar	快餐店 la tavola calda

請給我菜單
Mi porta il menù?

請給我 __
Vorrei __

請給我和那個相同的菜。
Vorrei ordinare quel piatto

請問本店招牌菜？
Qual'è la specialità della casa?

請給我套餐。A / B / C
Vorrei il A / B / C

買單！
Il conto per favore!

多少錢？
Quant'è?

已經含座位費/附加稅/
服務費了嗎？
compreso il
coperto/l'I.V.A/il servizio?

可以用信用卡付費嗎？
Si può pagare con la carta di credito?

從機場
到旅館

旅行
觀光

料理
飲食

購物
Shopping

數字
時間

介紹
問候

文化
生活

藥品
急救

常用
字詞

附錄

口味喜好 Gusti

稍微一點點 un po'	非常 molto	甜 dolce	酸 agro
鹹 salato	苦 amaro	辣 piccante	老硬 duro
清淡 leggero	油膩 grasso	難吃 cattiro	好吃；美味 buono

餐具 posate

刀 coltello	叉 forchetta	餐巾 tovagliolo
湯匙 cucchiaio	筷子 bastoncini	

調味料 condimenti

拌蛤蜊 alle vongole		蒜油醬 aglio e olio	胡椒 pepe
辣椒 peperoncino		蕃茄醬 ketchup	醬汁 salsa
核桃蒜油醬 al pesto	蕃茄調醬 al pomodoro	肉末醬 al ragù	拌辣油 all'arrabbiata

★ 在義大利，如果你到好一點的餐廳用餐，服裝還是得稍微注意一下，有些地方是不準穿著牛仔褲和球鞋的，所以出國到義大利旅遊還是得準備一二套較為正式的服裝。

你喜歡＿嗎
Ti piace ＿?

請給我 ＿
Vorrei ＿

我喜歡吃 ＿
Mi piace ＿

強力推薦菜單

從機場
到旅館

旅行
觀光

料理
飲食

購物
Shopping

數字
時間

介紹
問候

文化
生活

藥品
急救

常用
字詞

附錄

威尼斯 Venezia

什錦海鮮開胃菜 antipasto ai frutti di mare	青豆燴飯 risi e bisi	卡巴喬生牛肉 carpaccio
魚湯 brodo di pesce	酸甜醬沙丁魚 sarde in saor	義式玉米粥 polenta
蛤仔義大利麵 spaghetti alle vongole	墨魚飯 risotto alle seppie	威尼斯肝臟 fegato alla veneziana
蕃茄煮鰻 anguille in umido	提拉米蘇 tiramisù	貽貝湯 zuppa di cozze

米蘭 Milano

脆麵包條 grissini	鹽漬生牛肉薄片 bresaola	海鮮湯 cacciucco
沙拉 insalata	米蘭式燴飯 risotto alla milanese	米蘭蔬菜湯 minestrone
熱那亞醬汁拌麵 trenette al pesto	米蘭式牛肉排 cotolette alla milanese	巴羅洛燒牛肉 manzo al barolo
榛子派 torta alle nocciole	水果丁麵包 panettone	蛋奶酒 zabaglione

★菜單在閱讀上，通常容易造成客人的困擾，特別是不熟悉義大利菜的旅客，除去一長串你不懂的文字之
外，通常一般的菜單會分成前菜、主菜等類別，如果你不知道如何選擇，你可以問服務生："Mi consiglia
Lei, per favore?"（可否請您推薦？）。

你喜歡 ___ 嗎?
Ti piace ___ ?

請給我 ___
Vorrei ___

我喜歡吃 ___
Mi piace ___

佛羅倫斯 Firenze

生火腿肉/熟火腿肉 prosciutto crudo/ prosciutto cotto	烤麵包片 crostini	鄉村青豆濃湯 (扁豆湯) zuppa di fagioli
青豆義大利麵 pasta e fagioli	義大利肉醬麵 spaghetti al ragu	餃子 tortellini
松露 tartufo	乳酪 formaggio	填肉餡麵餅 cannelloni	檸檬派 torta di limone
燒野豬肉 scottiglia di cinghiale	姬燕地葡萄酒 chianti	佛羅倫斯牛排 bistecca alla fiorentina

羅馬 Roma

羅馬式牛肉卷 saltimbocca alla romana	沙丁魚通心粉 maccheroni con le sarde	旗魚排 pesce spada
烤羊肉 abbacchio arrosto	野豬肉香腸 salsiccia di cinghiale	蒸餾青豆 fagioli cotti all'olio
羅馬式奶油麵餃 gnocchi alla romana	冰淇淋 gelato	葡萄酒 vino

從機場
到旅館

旅行
觀光

料理
飲食

購物
Shopping

數字
時間

介紹
問候

文化
生活

藥品
急救

常用
字詞

附錄

你喜歡 ___ 嗎?
Ti piace ___ ?

我喜歡吃 ___
Mi piace ___

食材 cibo

牛排 bistecca	5分 al sangue	8分 ben cotta	全熟 cotta a puntino
雞肉 pollo	鵝肉 oca	鴨肉 anatra	小羊肉 agnello
豬肉 maiale	熟火腿肉 prosciutto cotto	生火腿肉 prosciutto crudo	臘腸 salame
兔肉 coniglio	鮪魚 tonno	沙拉 Insalata	麵類 pasta
米飯 riso	比目魚 rombo	蔬菜 verdura	

海鮮 frutti di mare	蝦子 gamberetto	龍蝦 aragosta
鱈魚 merluzzo	螃蟹 granchio	烏賊 seppia
生蠔 ostrica	沙丁魚 sardino	鮭魚 salmono

冷 freddo	熱 caldo

料理方式

炸 fritto	炒 saltato	蒸 al vapore	烤 arrosto
烘 al forno	煮 bollito	燻 affumicato	
燒 in umido	鐵板烤 ai ferri	烤架烤 alla griglia	燜；燉 stufato

★在義大利的大眾餐廳吃飯，通常不習慣給小費（la mancia）只有高級餐廳才需要。需要一點技巧的，如果是以現金付費大都是以消費金額的10%為小費的金額；如果是刷卡的話，通常在簽單消費額數字下，還有一欄是填寫小費的位置，保險的做法是將金額湊成整數。

你想吃什麼菜？
Che cosa vuoi mangiare?

我想吃＿＿
Vorrei mangiare＿＿.

早餐 la colazione	午餐 il pranzo	晚餐 la cena

有素菜嗎? Ha i piatti vegetariani?	中華料理 cibo cinese	日本料理 cibo japonese	義大利菜 cibo italiano
開胃菜 Antipasto	前菜 Primo	湯 Zuppa / Minestra	主菜 Secondo
配菜 Contorno	水果 frutta	甜點/冰淇淋 Dolce / gelatto	佐餐酒 carta dei vini
葡萄酒 vino	紅酒 vino rosso	白酒 vino bianco	香檳 spumante
開胃酒 aperitivo alcolico	酒 alcolico	無酒精開胃飲料 aperitivo analcolico	燒酒 grappa

白葡萄酒 vino bianco	紅葡萄酒 vino rosso	甜味 dolce	干味 secco

點心 dolci

提拉米蘇 tiramisù	加汁冰淇淋 affogato	加咖啡 al caffè	加利口酒 al liquore
小點心/蛋糕 pasticcino / torta	小水果酥餅 crostata	果乾蛋糕 cassata	草莓口味 di fragola
	檸檬口味 di limone	香蕉口味 di banana	蘋果口味 di mela
水果糖 caramelle alla frutta	冰淇淋 gelato	什錦水果冰飲 macedonia	洋芋片 patutine
爆米花 popcorn	果子餅 panforte	杏仁餅 amaretti	米布丁 torta di riso
布丁 budino	餅乾 biscotti		熱巧克力 cioccolata calda

水果 frutta

草莓 fragola	水蜜桃，桃子 pesca
蘋果 mela	蕃茄 pomodoro
白葡萄 / 黑葡萄 uva bianca / uva nera	香蕉 banana
櫻桃 ciliegia	鳳梨 ananas
無花果 fico · 奇異果 kiwi	哈蜜瓜，香瓜 melone
橘子 mandarino	西瓜 cocomero
柳橙 arancio	檸檬 limone
梨子 pera · 李子 prugna	葡萄柚 pompelmo · 木瓜 papaia

從機場到旅館

旅行觀光

料理飲食

購物 Shopping

數字時間

介紹問候

文化生活

藥品急救

常用字詞

附錄

飲料 bibita

鮮奶 latte	礦泉水 acqua minerale	美式咖啡 caffè americano
	有氣 / 無氣 gassata / naturale	濃縮咖啡 espresso
咖啡 caffè	可口可樂 coca cola	冰咖啡 caffè freddo
	淡咖啡 caffè lungo	拿鐵 caffè latte
熱開水 aqua calda	低咖啡因 decaffinato	卡布其諾 cappuccino
	糖 zucchero	維也納咖啡 espresso con panna
柳橙汁 succo d'arancia	熱紅茶 tè caldo	冰茶 tè freddo

熱的 caldo		冷的 freddo
大杯 grande	中杯 medio	小杯 piccolo

45

我想去 ＿＿＿＿ Vorrei andare a ＿＿	＿＿＿＿ 在哪裡？ Dov'è ＿＿＿？
請問到 ＿＿＿ 怎麼走？ Come si arriva a ＿＿ ？	請問這裡是哪裡？ Scusi, dove siamo?
走路/坐車要多久？ Quanto tempo ci vuole a piedi / in autobus	這是什麼路？ In che strada siamo?
	請告訴我現在的位置。(出示地圖) Potrebbe dirmi dove sono?

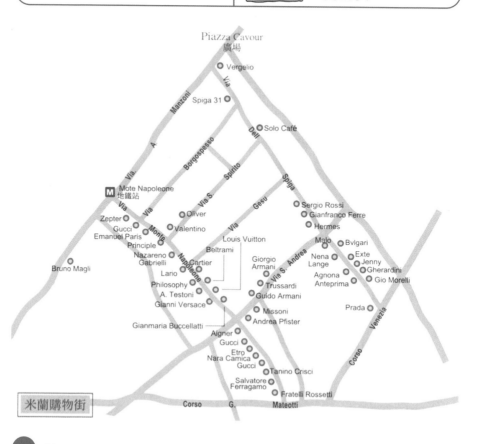

Piazza Cavour
廣場

Vergelio

Via

Manzoni

Spiga 31

A.

Borgospesso

Dell

Solo Café

Spirito

Via

M Mote Napoleone
地鐵站

Via S.

Gesu

Spiga

Sergio Rossi
Gianfranco Ferre

Zepter

Oliver

Hermes

Gucci
Emanuel Paris

Valentino

Monte

Via

Louis Vuitton

Malo

Bvlgari

Principle

Beltrami

Nazareno
Gabrielli

Cartier

Giorgio
Armani

Nena
Lange

Exte
Jenny

Napoleone

Via S. Andrea

Gherardini

Bruno Magli

Lario

Agnona

Gio Morelli

Philosophy
A. Testoni

Trussardi

Anteprima

Gianni Versace

Guido Armani

Prada

Gianmaria Buccellatti

Missoni

Andrea Pfister

Aigner

Venezia

Gucci
Etro
Nara Camica
Gucci

Tanino Crisci

Corso

Salvatore
Ferragamo

Fratelli Rossetti

米蘭購物街

Corso   G.   Mateotti

米蘭 Milano

艾曼紐二世大道
Corso V. Emanuele II

金色四邊形
Quadrilatero

蒙特拿破崙大道
via Montenapoleone

史皮卡街
Via della Spiga

聖安得烈亞
Via Sant'Andrea

威尼斯大道
Corso Venezia

布宜諾斯艾利斯大道
Corso Buenos Aires

艾曼紐二世大道

Corso G. Mateotti

Ⓜ S.Babila地鐵站

Max Mara
Moreschi
Marolld Benetton
Furla
Max Stefenn
Larusmiani Replay
Fimar Cinema
Bruno Magli The Gazzelle
冰淇淋店
Corso V. Emanuele

Duomo地鐵站

百貨公司
il grandi magazzino

高價位大型百貨
La Rinascente

高價位大型百貨
COIN

平價百貨
UPIM

平價百貨
STANDA

★金色四邊形是以聖巴比拉車站為核心，向四方連結形成一個幅員廣闊的超大shopping mall。

從機場
到旅館

旅行
觀光

料理
飲食

購物
Shopping

數字
時間

介紹
問候

文化
生活

藥品
急救

常用
字詞

附錄

我想去 ＿＿＿ Vorrei andare a ＿	＿＿＿ 在哪裡？ Dov'è ＿＿＿?
請問到 ＿＿＿ 怎麼走？ Come si arriva a ＿ ?	請問這裡是哪裡？ Scusi, dove siamo?
走路/坐車要多久？ Quanto tempo ci vuole a piedi / in autobus	這是什麼路？ In che strada siamo?
	請告訴我現在的位置。(出示地圖) Potrebbe dirmi dove sono?

佛羅倫斯 Firenze

卡爾查依歐利大道
via dei Calzaiuoli

特爾那波尼大道
via dei Tornabuoni

 碧提宮
Palazzo Pitti

羅馬 Roma

西班牙廣場
Piazza di Spagna

西班牙廣場

Trus

Max&Co

Via Del Corso

西班牙廣場

Via Bocca di Leone

Via Mario Dei Fiori

Foot Locker

X | Prada

Beltrami

Cartier

Missoni

Georg Jensen

A.Testoni

西班牙階梯

Roland'S

Iceberg

La Perla

Gucci

Giorgio Armani

Bulgari

Salvatore Ferragamo

Valentino

Louis Vuitton

Salvatore Ferragamo

Max Mara

hon

Sisley

Dolce &
Gabbana

Alicia Crisci

Condotti

Celine

Gianfranco
Ferre

Nino餐廳

Federico
Buccellati

Nazareno
Gabrielli

Exte

Tanino Crisci

Versus

Laro
Tiana

Borgognona

Moschino

Via

Fendi

Versus

Gianfranco
Ferre

Fendi

Laura
Biagiotti

★佛羅倫斯有許多歷史悠久的跳蚤市場，在這裡只要有時間，可以挑選到很多好東西，在每個月的最後一個
星期日幾乎全義大利的古董商都會到卡爾查依歐利大道via dei Calzaiuoli展示他們的產品。

我想去 ＿＿＿ Vorrei andare a —	＿＿＿ 在哪裡？ Dov'è ＿＿＿?
請問到 ＿＿＿ 怎麼走？ Come si arriva a ＿＿＿ ?	請問這裡是哪裡？ Scusi, dove siamo?
走路/坐車要多久？ Quanto tempo ci vuole a piedi / in autobus	這是什麼路？ In che strada siamo?
	請告訴我現在的位置。(出示地圖) Potrebbe dirmi dove sono?

羅馬 Roma

康多提大道 Via Condotti	波哥諾那大道 Via Borgognona	柯索大道 Via Del Babbuino
	納佛那廣場 Piazza Navona	帕拉梅諾特廣場 P.za del Parlamento
		烏果巴西市場 Mercato Ugo Bassi

米拉柯利聖母教堂

Via Del Babuino

Via Del Corso

Ricordi

Florence Moon

Talento

Furla

T'Store

Roman 2000

奧古斯都皇帝陵墓

西班牙廣場

Prada

Condotti

Via

Via Borgognona

Via Frattina

Fendissime

Via

Grilli

菲亞諾宮

Intimo3

Zm

CET

New Pold

帕拉梅諾特廣場

Via Campo Marzio

Confetti

Cenci

Giolltti好吃的蛋糕店

我要買 __
Vorrei comprare __.

請拿 __ 的給我看。
Me ne prende uno __.

有沒有 __ 一點的？
Ce n'è uno più __ ?

請給我看這個/那個。
Mi fa vedere
questo / quello .

__ 在那裡呢？
Dov'è __ ?

水果店
fruttivendolo

文具店
cartoleria

唱片行
negozio
di dischi

書店
libreria

藥房
farmacia

pizza 店
pizzeria

花店
fiorista

理髮店
barbiere(男) /
parrucchiere(女)

冰淇淋店
gelateria

鐘錶行
orologiaio

52

★ 到羅馬購物者，要先注意幾件事，羅馬的商店在1/6、復活節的週一、4/25、5/1、6/29、8/15、11/2、12/8、12/26，都是假日是不開店的，而服裝店的休息時間則為週一的早上，夏季則為星期六下午。並請記得義大利的商店中午會休息兩、三個小時，下午三點後才開門，直到晚上八點左右就會打烊。

不用了。(不買)
Non fa niente.

拜託, 請我算便宜一點吧！
Mi fa un po' di sconto,
per favore!

總共多少錢？
Quant'è?

可以退稅嗎？
E' Duty Free?

可以用信用卡結帳嗎？
Posso pagare con
carda di credito ?

這附近有沒有 ___ ？
C'è___qui vicino?

洗衣店
lavanderia

電器行
negozio di
elettrodo
-mestici

醫院
ospedale

點心店
pasticceria

玩具店
negozio di
giocattoli

西服店
sartoria

鞋店
calzolaio

眼鏡行
ottico

攝影器材店
fotografo

請給我 ___
Vorrei ___

有 ___ 嗎? Avete ___ ?	我要這個 voglio questo

好看
bello

多少錢
quanto costa?

可以試穿嗎?
Posso provarlo?

→可以/不可以
Sì / No.

不好看
brutto

我不太喜歡
non mi piace
molto

請拿 ___ 的給我看。 Vorrei vedere ___ .	我要買 ___ Vorrei comprare ___
有沒有 ___ 一點的? Ce n'è uno più___?	不用了,(不買) 謝謝。 Non fa niente, grazie.
總共多少錢? Quant'è?	可以用信用卡結帳嗎? Posso pagare con carta di credito?
算便宜一點吧! Mi può fare un po'di sconto?	可以退稅嗎? È Duty Free?

從機場
到旅館

旅行
觀光

料理
飲食

購物
Shopping

數字
時間

介紹
問候

文化
生活

藥品
急救

常用
字詞

附錄

衣服 vestiti

大衣 cappotto	睡衣 pigiama	夾克 giacca
褲子女褲 pantaloni	風衣 giacca a vento	襯衫 camicia
連身裙 vestito	裙子 gonna	領帶 cravatta

男套裝 completo da uomo

女套裝 completo da donna

T恤 t-shirt	泳衣 costume da bagno	牛仔褲 jeans
polo衫 maglia polo		
皮衣 Giacca in pelle	毛衣 maglione	內衣 biancheria intima

配件 accessori

手套 guanti	手帕 fazzoletto	皮帶 cintura
圍巾 sciarpa	帽子 cappello	鞋子 scarpe
襪子 calzini	絲襪 calza di zeta	香水 profumo

顏色 colore

◆	黑色 nero	◇	綠色 verde
◆	藍色 blu	◆	橘色 arancio
◇	白色 bianco	◆	灰色 grigio
◆	紅色 rosso	◆	紫色 viola
◇	黃色 giallo	◇	粉紅色 rosa
		◆	天空藍 celeste

size大小

大 grande		小 piccolo
長 lungo		短 corto
厚 pesante	薄 sottile	新 nuovo

57

歡迎光臨
benenuto

哪裡有賣 __
Dove si vende __?

___ 有嗎?
C'e`__?

電器 elettrodomestici

數位相機
macchina
fotografica digitale

音響
stereo

手機
telefono
cellulare

電視
televisione

電話
telefono

刮鬍刀
rasoio

隨身聽
walkman

CD隨身聽
lettore CD
portatile

相機
macchina
fotografica

錄影機
video
registratore

電腦
computer

時鐘
orologio

手錶
orologio

可以試試看嗎?
Posso
provarlo

有打折嗎?
C'è lo sconto?

8折 sconto del 20%	要/不要 lo prendo / non lo prendo	貴/便宜 caro / economico
買一送一 compri due paghi uno	CLOSE 賣完了 tutto esaurito	退貨 merci di ritorno
收銀台 cassa	說明書 manuale utente	保證書 garazia

禮品文具 cartoleria

包裝紙 carta da regalo	信封 busta	原子筆 penna
筆記本 quaderno	名信片 cartolina	便利貼 post-it	記事簿 agenda

數字 Numeri

誰？ Chi?	哪裡？ Dove?
什麼？ Che?	為什麼？ Perché?

0 zero	1 uno	2 due	3 tre	4 quattro
5 cinque	6 sei	7 sette	8 otto	9 nove
10 dieci	11 undici	12 dodici	13 tredici	14 quattordici
15 quidici	16 sedici	17 diciassette	18 diciotto	19 diciannove
20 venti	21 ventuno	22 ventidue	30 trenta	40 quaranta
50 cinquanta	60 sessanta	70 settanta	80 ottanta	90 novanta
100 cento	101 centouno	110 centodieci	200 duecento	300 trecento

貨幣 valuta	里拉 lira（L）（£）	法郎 franco	歐元 euro	現金 denaro
信用卡 carta di credito	旅行支票 travelers check	紙幣 banconota		硬幣 monete

幾點鐘？ A che ora?	哪個？ Quale? 	我在找 —— Sto trovando_
多少錢？ Quanto costa	有 __ 嗎？ C'è___ ?	問誰好呢？ Chi posso chiedere?

400 quattrocento	500 cinquecento	600 seicento
700 settecento	800 ottocento	900 novecento
1000 mille	2000 duemila	3000 tremila
4000 quattromila	5000 cinquemila	6000 seimila
7000 settemila	8000 ottomila	9000 novemila
10000 diecimila	100000 centomila	1000000 un milione
10000000 dieci milioni	100000000 cento milioni	1000000000 un miliardo

美金 dollaro	台幣 dollaro taiwanese	年 anni	時 ore	公里 chilometri
公尺 metri	公分 centrimetri	公斤 chili	公克 grammi	公升 litri

年 / 季 / 月
anno / stagione / mese

幾月
Che mese è ?

月份 mesi

一月	二月	三月	四月
gennaio	febbraio	marzo	aprile
五月	六月	七月	八月
maggio	giugno	luglio	agosto
九月	十月	十一月	十二月
settembre	ottobre	novembre	dicembre

四季 le quattro stagioni

春	夏	秋	冬	氣候
primavera	estate	autunno	inverno	clima
熱	涼爽	舒服	冷	溫暖
caldo	fresco	piacevole	freddo	tiepido

節日 festività

新年/元旦	嘉年華會		復活節
Capodanno 1/1	Carnevale 2/11~3/11		Pasqua 4/25
勞動節	聖誕節	假日	平日
Festa del lavoro 5/1	Natale 12/25	festivo (星期六日)	feriale (星期一~五)

日 data

1	2	3	4	5	6	7
8	9	10	11	12	13	14
15	16	17	18	19	20	21
22	23	24	25	26	27	28
29	30	31

一星期
un settimana

今天星期幾？
Oggi Che giorno è?

星期一
lunedì

星期二
martedì

星期三
mercoledì

星期四
giovedì

星期六
sabato

星期日
domenica

星期五
venerdì

時間的說法

前天 l'altro ieri	昨天 ieri	今天 oggi

明天 domani	後天 dopodomani	上星期 la settimana scorsa

	前年 due anni fa	去年 l'anno scorso

幾點鐘出發？
A che ora parte

幾點鐘到達？
A che ora arriva?

要花多久時間？
Quanto tempo ci vuole?

請在 ＿ 點叫我起床
Mi può svegliare alle ore ＿?

在 ＿ 見面吧！
Ci vediamo a＿ !

沒時間！
Non ho più tempo!

很趕！
È molto urgente!

快點！
Presto

提早/延遲
in anticipo / in ritardo

馬上/稍後
subito / dopo

經常/有幾次/從不
spesso / qualche volta / mai

從機場到旅館

旅行觀光

料理飲食

購物 Shopping

數字時間

介紹問候

文化生活

藥品急救

常用字詞

附錄

這星期 questa settimana	下星期 la settimana prossima
下下星期 fra due settimane	

這星期 questa settimana	下星期 la settimana prossima	下下星期 fra due settimane
上個月 il mese scorso	這個月 questo mese	下個月 il mese prossimo
今年 quest'anno	明年 l'anno prossimo	後年 fra due anni

12 è mezzogiorno
11 sono le undici
1 è l'una
10 sono le dieci
2 sono le due
9 sono le nove
3 sono le tre
8 sono le otto
4 sono le quattro
7 sono le sette
5 sono le cinque
6 sono le sei

現在幾點鐘？
Che ore sono?

24:00
è mezzanotte

01分
e uno

幾分？
quanti minuti?

10分
e dieci

50分
e cinquanta

40分
e quaranta

30分
e mezza

20分
e venti

15分
e un quarto

我叫 ____
Mi chiamo ____

請問您貴姓大名?
Come si chiama Lei?

你去過台灣嗎?
Sei stato a Taiwan?

我是台灣人。
Sono taiwanese.

我的職業是 __
Mio occupazione è __

老師 insegnante	學生 studente	公務員 dipendente statale
上班族 impiegato	家庭主婦 casalinga	律師 avvocato
銀行職員 impiegato di banca	秘書 segretaria	作家 scrittore
醫生 dottore	記者 giornalista	沒有工作 disoccupato

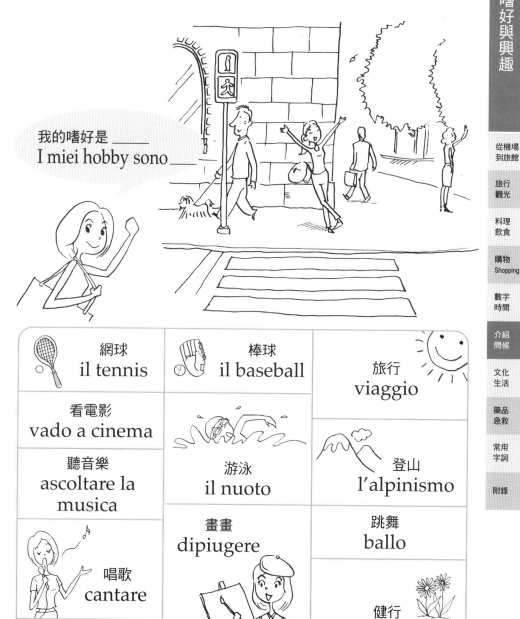

我的嗜好是 _____
I miei hobby sono _____

網球 il tennis	棒球 il baseball	旅行 viaggio
看電影 vado a cinema		
聽音樂 ascoltare la musica	游泳 il nuoto	登山 l'alpinismo
唱歌 cantare	畫畫 dipiugere	跳舞 ballo
做菜 cucinare		健行 il trekking

我的星座是 _____
Il mio segno è _____

從機場
到旅館

旅行
觀光

料理
飲食

購物
Shopping

數字
時間

介紹
問候

文化
生活

藥品
急救

常用
字詞

附錄

 牡羊座3/21～4/20
Ariete

 金牛座4/21～5/21
Toro

 雙子座5/22～6/21
Gemelli

 巨蟹座6-22～7/22
Cancro

 獅子座7/23～8/23
Leone

 處女座8/24～9/23
Vergine

 天秤座9/24～10/23
Bilancia

 天蠍座10/24～11/22
Scorpione

 射手座11/23～12/21
Sagittario

 山羊座12/22～1/20
Capricorno

 水瓶座1/21～2/18
Acquario

 雙魚座2/19～3/20
Pesci

68

有 avere	是 sì	不是 no

這位 questo	那位 quello	我 io	他們／她們 loro
你 tu	他 lui	她 lei	我們 noi

愛上 innamorarsi	相愛 amarsi	談戀愛 essere innamorati
婚外情 relazione extra-coniugale	離婚 divorzio	結婚 sposarsi
分手 separrsi	約會 darsi un appuntamento	有默契 intendersi
吵架 litigare	同居 convivere	男朋友 fidanzato
女朋友 fidanzata	朋友 amico	鄉下 campagna

從機場到旅館

旅行觀光

料理飲食

購物 Shopping

數字時間

介紹問候

文化生活

藥品急救

常用字詞

附錄

哈囉
Ciao

你好 **Come va?**	何時見面? **Quando ci vediamo?**
每件事都好嗎? **Tutto a bene?**	我能去。 **ci vengo**
我需要幫忙 **Ho bisogno il aiuto.**	原諒我 **Perdonarmi**

要搭什麼時候的巴士? **A che ora è l'autobus?**	要坐什麼時候的火車? **A che ora è il treno?**	什麼時候到達? **Quando arriva?**
要花多久時間? **Quanto tempo ci vuole?**	幾個小時? **Quanti ore?**	多少分鐘? **Quanti minuti?**
我很抱歉 **Mi dispiace.**	我沒辦法答應。 **Non posso**	時間 **l'ora**
我太忙了,沒辦法答應。 **Non posso perché ho troppo da fare**	我迷路了。 **Io mi sono perso.**	地點 **Il luogo** _____

我們要約在哪裡? Dove incontriamo?	請來找我一起去! Andiamoci insieme!
我不能去。 Non posso andare.	我想和你一起去! Vorrei venire con te!
我會再打電話給你。 Ti telefonerò.	請打電話給我! Mi telefoni!

我遺失了你的電話號碼。
Ho perso tuo numero telefonico.

告訴我你的大哥大電話號碼。
Mi dai il tuo numero di cellulare?

國際電話怎麼打?
Come si fa una telefonata internazionale?

我現在在哪裡?
Dove sono adesso?

我找不到地方。
Non lo trovo.

★義大利的國碼是39,而國際碼則為00;由台灣打電話到義大利是002+39+區碼(打手機才需去掉前面的0)+
電話號碼;而從義大利打電話回台灣則為00+886+區碼(去掉前面的0)+電話號碼。義大利的電話號碼,「3」
開頭皆為行動電話,「0」開頭皆為家用或公司的電話,無論打市內還是市外電話都要先撥區域號碼

從機場
到旅館

旅行
觀光

料理
飲食

購物
Shopping

數字
時間

介紹
問候

文化
生活

藥品
急救

常用
字詞

附錄

你喜歡 __ 嗎？ Ti piace __ ?	喜歡/不喜歡 mi piace / non mi piace	普通 cosi cosi

你知道 __ 嗎? Conosci __ ?	知道 conosco	不知道 non conosco

運動 sport

游泳 Nuotare	滑雪 lo sci	網球 tennis
		棒球 il baseball
足球 il calcio	保齡球 il bowling	排球 la pallavolo
籃球 la pallacanestro	羽毛球 il badmington	乒乓球 il ping-pong
賽跑 la corsa	賽馬 l'ippica	摩托車賽 il motociclismo

我喜歡__ Mi piace —	__受歡迎嗎？ È popolare?

電影 film

美麗人生 La vita è bella	臥虎藏龍 La tigre e il dragone

歷史藝術 arte e storia

艾特拉斯坎文明 gli Etruschi	文藝復興 la rinascimento	凱撒 Giulio Cesare
奧古斯都 Augusto	馬可波羅 Marco polo	拿破崙 Napoleone
唐納太羅 Donatello	達文西 Leonardo da Vinci	波提且利 Sandro Botticelli

米開朗基羅 Michelangelo	喬凡尼‧貝里尼 Giovanni Bellini	威爾第 Giuseppe Verdi	拉斐爾 Raffaello

從機場
到旅館

旅行
觀光

料理
飲食

購物
Shopping

數字
時間

介紹
問候

文化
生活

藥品
急救

常用
字詞

附錄

義大利著名歌劇 famose opere liriche	茶花女 La Traviata	托斯卡 Tosca
	塞維亞的理髮師 Il Barbiere di Siviglia	愛情靈藥 L'Elisir d'Amore

男演唱家 cantanti livici	帕華洛帝 Pavarotti	安德烈·波伽利 Andrea Bocelli

男高音 tenore	男中音 baritono	男低音 basso	女高音 soprano
女中音 mezzosoprano	女低音 contralto	指揮 direttore d'orchestra	

歌劇結構 struttura dell'opera	序曲，前奏曲 ouverture	幕 atto	詠嘆調 aria
交響樂 sinfonia	輕歌劇 operetta	輕音樂 musica leggera	室內樂 musica da camera
現代音樂 musica moderna	搖滾樂 rock	宗教音樂 religiosa	

二重唱/三重唱/四重唱/五重唱 duo / trio / quartetto / quintetto			合唱 coro
女聲合唱 coro femminile	男聲合唱 coro maschile	童聲合唱 di voci bianche	
這裡演奏什麼音樂? Che musica fanno qui?			史卡拉劇院 La Scala

從機場到旅館

旅行觀光

料理飲食

購物 Shopping

數字時間

介紹問候

文化生活

藥品急救

常用字詞

附錄

賭博遊戲 casinò	跳舞 ballare	KTV karaoke	脫衣舞 spogliarello
pub pub	disco discoteca	演出 spettacolo	夜總會 night club

門票多少錢? Quanto costa l'ingresso?	洗手間在哪邊? Dov'è il toilette?

威尼斯嘉年華 Carnevale	威尼斯 Venezia	水上巴士/ 貢多拉 Vaporetto / Gondola	嘉年華會 Carnevale di Venezia
聖塔露西亞車站 Stazione Santa Lucia	聖馬可廣場 Piazza San Marco	西那賽馬節 Palio di Siena	

威尼斯嘉年華會的面具名稱

arlecchino	bauta	brighella	captain	gnaga
cocalino	doctor	ancient venetian mask		

請問附近有醫院嗎？
C'è un ospedale qui vicino?

請帶我去醫院。
Mi porti all'ospedale.

請叫救護車！
Chaiamate subito l'ambulanza !

請幫我買 __ 藥
Mi può comprare una medicina per __?

已經吃藥了嗎？
Hai preso la medicina?

吃了 / 還沒
L'Ho preso. / ancora no.

藥房
la farmacia

水 acqua	阿斯匹靈 aspirina	感冒藥 anti-influenzale
止痛藥 antidolorifico	鎮靜劑 calmante	不舒服 non mi sento bene
沒有食慾 non ho appetito	喉嚨痛 mal di gola	咳嗽 la osse
拉肚子 diarrea	全身無力 debolezza generale	想吐 il vomito
發燒 la febbre	牙痛 il mal di denti	痛 fa male

頭
testa

頭髮
capelli

眉毛
sopracciglio

耳朵
orecchio

手指
dito

牙齒
denti

舌頭
lingua

肩膀
spalla

胸
torace

乳房
petto

肚子
pancia

肚臍
ombelico

膝蓋
ginocchio

肌肉
muscolo

皮膚
pelle

指甲
unghia

骨頭
osso

眼睛
occhio

鼻子
naso

嘴巴
bocca

脖子
collo

手臂
braccio

背
schiena

手肘
gomito

手
mano

屁股
sedere

肛門
ano

生殖器
organo sessuale

大腿
coscia

小腿
gamba

腳
piede

腳底
pianta del piede

腳趾
dito

從機場
到旅館

旅行
觀光

料理
飲食

購物
Shopping

數字
時間

介紹
問候

文化
生活

藥品
急救

常用
字詞

附錄

一天吃＿次
＿ volte al
giorno

我的血型
是＿型
Il mio gruppo
sanguigno è＿.

A

B

O

AB

每天 Ogni giorno	隔一天 Ogni due giorno
每天二次 2 volte al giorno	每天三次 3 volte al giorno
每天四次 4 volte al giorno	食前 prima dei pasti
外用 per uso esterno	食後 dopo i pasti

就寢前
prima di dormire

有會講中文 / 英文的醫生嗎
C'è un dottore che parla cinese / inglese?

多長時間能治好?
In quanto tempo può guarire?

請保重
Riguardati

請給我診斷書
Mi può dare la diagnosi.

這個藥會不會引起副作用?
Questa medicina ha effetti collaterali?

頭痛藥
analgesico

感冒藥
Anti-influenzale

止痛藥
anti-dolorifico

止瀉藥
astringente

維生素C
vitamina c

阿司匹靈藥片
aspirina

安眠藥
sonnifero

漱口劑
colluttorio

 點眼藥
collirio

體溫計
termometro

ＯＫ繃
cerotto

鎮靜劑
calmante

形容詞

＿ 是 ＿ ＿ è ＿	我是 Io sono
你是 Tu sei	他（她）是 Lui(lei) è

我們是 Noi siamo	你們（您）是 Voi siete (Lei è)	他（她）們是 Loro sono

非常 troppo	有一點 un po′
不太 non molto	不＿ non ＿

了不起 bravo	很好 molto bene	不錯 non c'è male
很棒 fantastico	厲害 bravissimo	酷 forte

大 / 小
grande / piccolo

多 / 少
molto / poco

貴 / 便宜
caro / economico

重 / 輕
pesante / leggero

強 / 弱
forte / debole

新 / 舊
nuovo / vecchio

容易 / 困難
facile / difficile

好 / 不好
buono / cattivo

長 / 短
lungo / corto

遠 / 近
lontano / vicino

硬 / 軟
duro / morbido

胖 / 瘦
grasso / magro

老 / 年輕
vecchio /
giovane

忙碌 / 空閒
impegnato / libero

(天氣，溫度)熱的； caldo		（天氣）冷的 freddo
（溫度）冷的；涼的 freddo	溫暖的 tiepido	涼爽的 fresco

厚的 pesante	薄的 sottile	淡的 leggero
濃的 forte	寬廣的 largo	狹窄的 stretto
早的 presto	晚的 tardi	慢的 lento
快的 veloce	圓形的 rotondo	四方形的 quadrato
明亮的 luminoso	黑暗的 buio	強壯的 forte
脆弱的 debole	高的 alto	矮的 basso

貴的 costoso	便宜的 economico	深的 profondo
淺的 superficiale	粗的 spesso	細的 sottile
新的 nuovo	舊的 vecchio	大的 grande
小的 piccolo	簡單的 / 溫柔的 semplice / delicato	困難的 difficile
有趣的 interessante	無聊的 noioso	有名的 famoso
熱鬧的 animato	安靜的 tranquillo	認真 dilligente
有精神 / 活潑 energico / vivace	方便 conveniente	不方便 sconveniente
漂亮，美麗 bello	熱心，親切 affabile	擅長，拿手 bravo

從機場
到旅館

旅行
觀光

料理
飲食

購物
Shopping

數字
時間

介紹
問候

文化
生活

藥品
急救

常用
字詞

附錄

什麼 che	為什麼? perché?	哪一個? quale?
什麼時候? quando?	誰? chi?	在哪裡? dove?
怎麼? come?	怎麼辦? come si fa?	比如說 per sempio

剛才 poco fa	現在 adesso	以後 dopo

想 pensare	會 sapere	可以 potere
比較好 è meglio	不想 non volere	不會 non sapere
不可以 non potere		已經 _了 già _
有_過 avuto _	不要 _ 比較好 è meglio non _	不是 _ non _

還沒 ___ ancora non ___	沒有 non	應該嗎 dovere
見面 incontrarsi	分開 lasciarsi	問 chiedere
回答 rispondere	教 insegnare	學習 imparare
記得 ricordare	忘記 dimenticare	進去 entrare
出去 uscire	開始 cominciare	結束 finire
走 camminare	跑 correre	前進 andare avanti
找 cercare	停止 fermarsi	住 abitare
回去 ritornare	來 venire	哭 piangere

笑 ridere	送 regalare	接受 accettare
看書 leggere	看 guardare	寫 scrivere
說 parlare	聽 ascoltare	了解 capire
說明 spiegare	知道 conoscere	想 pensare
小心 fare attenzione	睡覺 dormire	起床 alzarsi
休息 riposare	打開 aprire	關 chiudere
變成 diventare	做 fare	賣 vendere
故障 non funzionare	有 avere	活 vivere

站 stare in piedi	坐 sedere	買 comprare
壞掉 rompersi	使用 usare	工作 lavorare
喜歡 amare	討厭 odiare	考慮 pensarci

memo

通訊錄記錄

我住在 ＿＿＿＿ 飯店，地址是 ＿＿＿＿＿＿
Abito in hotel/albergo, ＿＿＿＿ l'indirizzo e`

請告訴我你的 ＿＿＿＿
Puo` dirmi il tuo ＿＿＿＿

姓 / 名 Cognome / Nome	
地址 Indirizzo	
電話號碼 Numero di telefono	
電子郵件地址 E-mail	

請寫在這裡。
Scrivi pure qui.

我會寄＿＿＿＿給你
Ti spedirò ＿＿＿＿

信	照片
una lettera	una foto

旅行攜帶物品備忘錄

		出發前	旅行中	回國時
重要度 A	護照（要影印）			
	簽證（有的國家不要）			
	飛機票（要影印）			
	現金（零錢也須準備）			
	信用卡			
	旅行支票			
	預防接種證明（有的國家不要）			
重要度 B	交通工具、旅館等的預約券			
	國際駕照（要影印）			
	海外旅行傷害保險證（要影印）			
	相片2張（萬一護照遺失時申請補發之用）			
	換穿衣物（以耐髒、易洗、快乾為主）			
	相機、底片、電池			
	預備錢包（請另外收藏）			
	計算機			
	地圖、時刻表、導遊書			
	辭典、會話書籍			
重要度 C	變壓器			
	筆記用具、筆記本等			
	常備醫藥、生理用品			
	裁縫用具			
	萬能工具刀			
	盥洗用具（洗臉、洗澡用具）			
	吹風機			
	紙袋、釘書機、橡皮筋			
	洗衣粉、晾衣夾			
	雨具			
	太陽眼鏡、帽子			
	隨身聽、小型收音機（可收聽當地資訊）			
	塑膠袋			

旅行手指外文會話書

自助旅行・語言學習・旅遊資訊　全都帶著走

中文外語一指通　　不必說話也能出國
這是一本讓你靠手指，就能出國旅行的隨身工具書，
書中擁有超過2000個以上的單字圖解，和超過150句的基本會話內容
帶著這本書就能夠使你輕鬆自助旅行、購物、觀光、住宿、品嚐在地料理！

本書的使用方法

step 1

請先找個看起來和藹可親、面容慈祥的當
地人，然後開口向對方說：

對不起！打擾一下。
SCUSI!

出示下列這一行字請對方過目，並請對方指出下
列三個選項，回答是否願意協助「指談」。

step 2

先生/小姐，抱歉打擾！我需要您的幫忙，這是指談的會話書，
如果您方便的話，是否能請您使用本書和我對談？

Scusi Signore / Signora! Avrei bisogno
del Suo aiuto. Con questo libro si può
conversare indicando con le dita, Lei
vorrebbe parlare con me?

(指　INDICHI PURE A, B o C =>)

A 好的，沒問題。
Va bene! Non
C'è problema.

B 不太方便。
Preferirei di uo!

C 抱歉，我沒時間。
Mi dispiace, non
ho tempo.

step 3

如果對方答應的話（也就是指著"Si, certo !"），
請馬上出示下列圖文，並使用本書開始進行對
話。若對方拒絕的話，另外尋找願意協助指談
的對象。

非常感謝！現在讓我們開始吧！
Grazie mille!
Allora, cominciamo subito!

① 本書收錄有十個部分三十個單元，並以色塊的方式做出索引列於書之二側；讓使用者能夠依顏色快速找到你想要的單元。

② 每一個單元皆有不同的問句，搭配不同的回答單字，讓使用者與協助者可以用手指的方式溝通與交談，全書約有超過150個會話例句與2000個可供使用的常用單字。

③ 在單字與例句的欄框內，所出現的頁碼為與此單字或是例句相關的單元，可以方便快速查詢使用。

④ 當你看到左側出現的符號與空格時，是為了方便使用者與協助者進行筆談溝通或是做為標註記錄之用。

⑤ 在最下方處，有一註解說明與此單元相關之旅遊資訊，以方便及提供給使用者參考之用。

⑥ 在最末尾有一個部分為常用字詞，放置有最常被使用的字詞，讓使用者參考使用之。

⑦ 隨書附有通訊錄的記錄欄，讓使用者可以方便記錄同行者之資料，以利於日後連絡之。

⑧ 隨書附有＜旅行攜帶物品備忘錄＞，讓使用者可以提醒自己出國所需之物品。

※ 巴黎有二處機場，(1)戴⋯以連接市區的地下鐵，⋯

動詞／疑問句

什麼 comment ?	為什 Pour q
什麼時候 Quand?	

通訊錄記錄

我住在 J' habite a l'hotel	飯店，地址 l'adres

姓名

重要度 A	護照（要影印 簽證（有的國家 飛機票（要影印） 現金（零錢也須準 信用卡 旅行支票 預防接種

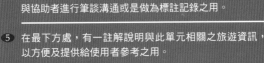

國家圖書館出版品預行編目資料

手指義大利 / 不勉強工作室著 --初版. --臺北市：商周出版：城邦文化發行，2002 [民91]
　　面；　　公分. --（旅行手指外文會話書：6）

ISBN 957-469-973-0（平裝）

1. 觀光義語 – 會話

804.688　　　　　　　　　　　　　　　　　　　　　91000606

手指義大利

作　　　者 / 不勉強工作室
譯　　　者 / 吳素嬌
總　編　輯 / 楊如玉
責　任　編　輯 / 黃淑貞、顏慧儀

發　行　人 / 何飛鵬
法　律　顧　問 / 台英國際商務法律事務所　羅明通律師
出　版　者 / 商周出版
　　　　　　城邦文化事業股份有限公司
　　　　　　台北市104民生東路二段141號9樓
　　　　　　電話：(02) 25007008　傳眞：(02)25007759
　　　　　　E-mail：bwp.service@cite.com.tw
發　　　行 / 英屬蓋曼群島商家庭傳媒股份有限公司城邦分公司
　　　　　　台北市中山區104民生東路二段141號2樓
　　　　　　書虫客服務專線：02-25007718 · 02-25007719
　　　　　　24小時傳眞服務：02-25001990 · 02-25001991
　　　　　　服務時間：週一至週五09:30-12:00 · 13:30-17:00
　　　　　　郵撥帳號：19863813　戶名：書虫股份有限公司
　　　　　　讀者服務信箱E-mail：service@readingclub.com.tw
　　　　　　歡迎光臨城邦讀書花園 網址：www.cite.com.tw
香港發行所 / 城邦（香港）出版集團有限公司
　　　　　　香港灣仔駱克道193號東超商業中心1樓
　　　　　　E-mail：hkcite@biznetvigator.com
　　　　　　電話：(852) 25086231 傳眞：(852) 25789337
馬新發行所 / 城邦(馬新)出版集團 Cite (M) Sdn. Bhd.
　　　　　　41, Jalan Radin Anum, Bandar Baru Sri Petaling,
　　　　　　57000 Kuala Lumpur, Malaysia
　　　　　　電話：(603) 90578822　傳眞：(603) 90576622

封　面　設　計 / 斐類設計
內　文　設　計 / 紀健龍+王亞棻
打　字　排　版 / 極翔企業有限公司
印　　　刷 / 韋懋印刷事業股份有限公司
總　經　銷 / 農學社
　　　　　　電話：(02)29178022　傳眞：(02)29156275

□ 2002年3月15日初版　　　　　　　　　　Printed in Taiwan.
□ 2015年6月8日二版10刷

售價／149元

ISBN 957-469-973-0

商周出版

廣　告　回　函
北區郵政管理登記證
北臺字第000791號
郵資已付，免貼郵票

104　台北市民生東路二段141號2樓

英屬蓋曼群島商家庭傳媒股份有限公司城邦分公司　收

- -

請沿虛線對摺，謝謝！

| 書號: BX8006X | 書名: 手指義大利 | 編碼: |

 商周出版

讀者回函卡

感謝您購買我們出版的書籍！請費心填寫此回函卡，我們將不定期寄上城邦集團最新的出版訊息。

不定期好禮相贈！
立即加入：商周出版
Facebook 粉絲團

姓名：＿＿＿＿＿＿＿＿＿＿＿＿＿＿＿＿＿＿　性別：□男　□女

生日：西元＿＿＿＿＿＿年＿＿＿＿＿＿月＿＿＿＿＿＿日

地址：＿＿＿＿＿＿＿＿＿＿＿＿＿＿＿＿＿＿＿＿＿＿＿＿＿＿

聯絡電話：＿＿＿＿＿＿＿＿＿＿　傳真：＿＿＿＿＿＿＿＿＿＿

E-mail：

學歷：□ 1. 小學 □ 2. 國中 □ 3. 高中 □ 4. 大學 □ 5. 研究所以上

職業：□ 1. 學生 □ 2. 軍公教 □ 3. 服務 □ 4. 金融 □ 5. 製造 □ 6. 資訊
　　　□ 7. 傳播 □ 8. 自由業 □ 9. 農漁牧 □ 10. 家管 □ 11. 退休
　　　□ 12. 其他＿＿＿＿＿＿＿＿＿＿＿＿＿＿＿＿＿＿

您從何種方式得知本書消息？
　　　□ 1. 書店 □ 2. 網路 □ 3. 報紙 □ 4. 雜誌 □ 5. 廣播 □ 6. 電視
　　　□ 7. 親友推薦 □ 8. 其他＿＿＿＿＿＿＿＿＿＿＿＿＿＿

您通常以何種方式購書？
　　　□ 1. 書店 □ 2. 網路 □ 3. 傳真訂購 □ 4. 郵局劃撥 □ 5. 其他＿＿＿＿

您喜歡閱讀那些類別的書籍？
　　　□ 1. 財經商業 □ 2. 自然科學 □ 3. 歷史 □ 4. 法律 □ 5. 文學
　　　□ 6. 休閒旅遊 □ 7. 小說 □ 8. 人物傳記 □ 9. 生活、勵志 □ 10. 其他

對我們的建議：＿＿＿＿＿＿＿＿＿＿＿＿＿＿＿＿＿＿＿＿＿＿
　　　　　　＿＿＿＿＿＿＿＿＿＿＿＿＿＿＿＿＿＿＿＿＿＿＿＿
　　　　　　＿＿＿＿＿＿＿＿＿＿＿＿＿＿＿＿＿＿＿＿＿＿＿＿